U0068010

影中情

破風、聞腋中年、RunRun 合著

天空數位圖書出版

目錄　　　破風

影中情

目錄　　聞腋中年

目錄 　RunRun

影中情

再續前緣

《Ghost》

文：破風

破風

影中情

　　《Ghost 第六感生死戀》這部愛情片是黛咪摩兒的成名作，一頭烏黑的短髮，清秀的臉龐，擄獲無數男粉絲的心，也打破了美國愛情片女主角總是要一頭長長金髮的規則，從此黛咪摩兒星途順遂，主題曲《Unchained Melody》更是大受歡迎，甚至比 1965 年發行時更受歡迎。

　　男主角因為發現同事可能有挪動客戶資金狀況，堅持自己查帳，引發同事兼好友的殺機，結果同事買兇殺人，並以搶劫掩飾，可憐的男主角，為了奪回錢包被歹徒轟了一槍當場死亡，此時他的靈魂還在追著歹徒，回過神時，他的肉身已經倒臥在女主角身上氣絕，這時他才意識到自己已經死亡，花了一段時間適應，他發現家裡的貓看得見他，也找到殺人兇手，還有通靈的配角，並使盡方法讓通靈者幫忙傳話。

　　經過男主角的調查，好友跟兇手竟是同謀，女主角報警，但警方反而翻出一堆靈媒的前科，不採信女主角的說法，兩人陷入低潮，而此時，好友現出真面目，原來他暗戀女主角已久，早就想殺了男主角取代他的地位，甚至已經快要跟女主角發生關係，憤怒的男主角偶然間推倒了自己的照片，才阻止了女主角跟仇人發生關係。

　　經過學習之後，男主角終於可以憑藉意志力移動一些輕的物體，借助靈媒的幫助，還領走了仇人的鉅款，製造了意外讓搶匪死亡，而作惡多端的搶匪靈魂則迅速被帶走，而女主角也終於相信靈媒，相信男主角的靈魂還在，並藉著靈媒的身體做一次接觸，當然，畫面上是男女主角，最後終報大仇，將害死他的好友殺死。

　　天有不測風雲，人有旦夕禍福，那些帶著遺憾的靈魂，或說是怨靈，因執著未完成的遺願，所以留在人間遊蕩，當心願已了，就會安心地往該去的地方，也就是所謂的天堂。當然還是有很多人不相信鬼魂的存在，畢竟眼見為憑，但隨著越來越多得證據證明，靈魂是存在的，而且會投胎，國外有個例子，跟男主角類似，是被謀殺，但他投胎後卻仍記得前世的冤仇，在學會講話之後，經過父母跟警察的幫忙，找到前世的屍骨，頭骨上的傷痕跟小朋友與生俱來的疤痕位置相同，而凶手也被繩之以法，這絕不是巧合，因為一個五歲的小孩，不可能知道別的國家的小地方，而且確切知道屍體埋葬的地點，更不可能知道兇手是誰！

影中情

真愛的樣子
《Pretty Woman》

文：破風

影中情

　　《Pretty Woman 麻雀變鳳凰》（1990）女主角薇薇安是個阻街女郎，為了省房租，跟一個同行的女人住在一起，而她的室友，居然偷走了她準備付房租的錢，只是為了吸毒，為了招攬到客人，她打扮得花枝招展，妝容跟自己原來的樣子都不一樣了。

　　男主角愛德華是收購集團的首領，帶領著律師、會計師、分析師、助理等，他心狠手辣，將別人辛苦經營的公司收購之後，分拆成許多部分出售车取巨額的利潤，完全不顧那些被收購的公司死活，也不管會有多少人失業、流離失所。

　　接近三餐不繼的薇薇安，富可敵國的愛德華，完全是兩個世界的人，卻因為愛德華不熟往比佛利山的路，又把手排檔的蓮花跑車停在路邊研究排檔，造就了兩人的緣分，當薇薇安把愛德華送到飯店之後，她就想回去路旁找客人賺錢了，但愛德華看著她的背影，似乎覺得兩人不該這樣分開，於是展開了兩人真正的愛情故事。

　　開始相處之後，愛德華發現薇薇安是個很真的女孩，完全的自我，幾乎沒有一絲做作，於是他喜歡上這個女孩了，他把兩人的交易從一小時變成一天，接著是一周，短短的一周，薇薇安讓愛德華改變了，他不再心

狠手辣，這樣的改變引起了合夥的律師非常不滿，而薇薇安也意識到，想要麻雀變鳳凰的夢可能要醒了。

　　男人都喜歡很真的女孩，就像港片中的李麗珍、邱淑貞、袁詠儀等等，她們都擁有相似的魅力，相處之後，男人會不知不覺中愛上她們，愛的不只是外表，而是女孩發自內心的那份純真，即使她是個阻街女郎，也不會改變男人對她的愛。像愛德華這種男人，高、富、帥，而且有魅力、魄力，也許是每個少女的白馬王子，但他結婚又離婚了，女朋友也受不了他的工作狂，沒時間陪伴而分手了，或許這也是讓薇薇安趁虛而入的原因之一，終於兩人的關係從交易變成情侶，但律師從中作梗，讓薇薇安傷心地離開，分開之後，兩人便開始思念對方，我想這就是愛情吧！幸虧兩人的緣分未了，接送的司機串起了兩人的愛，讓故事有了圓滿的結局，或許你會說這只是電影，真實生活不可能有男人接受自己的女人是阻街女郎，但其實不然，我身邊就有這樣的例子，他們已經結婚二十年，小孩都上大學了！

影中情

是真愛嗎？
《Sleepless In Seattle》

文：破風

影中情

　　《Sleepless In Seattle 西雅圖夜未眠》男主角山姆在妻子死了之後，一直無法走出喪妻之痛，後來他決定搬到西雅圖，他的兒子喬納，打電話進電台，希望幫父親找新妻子，節目結束之後，竟然多達二千個女人想認識她，信件如雪片般飛來。

　　女主角安妮已經訂婚，在跟未婚夫小別之時，聽到了山姆在電台上的談話，感動得哭了，她很矛盾，一直想去西雅圖見山姆，她還雇了徵信社偷拍山姆，但她好不容易鼓起勇氣飛到西雅圖並找到山姆之後，卻沒有勇氣跟山姆說話，落荒逃回紐約。

　　事實上，兩人在機場有一面之緣，山姆第一眼就喜歡上安妮，只可惜當時兒子在旁邊，他未能追上安妮，因此錯過了第一次的機會。山姆回家撞見兒子交女朋友，於是開始約會，但兒子不喜歡這女人，於是代父寫信給安妮，相約在情人節時，在紐約帝國大廈頂樓見面，安妮當天收到結婚戒指但臨時悔婚，在高檔餐廳看著帝國大廈，然後衝向那裡赴約，原本以為錯過了，但山姆的兒子背包留在現場，讓兩人再度相遇了。

　　愛情是很神奇的，有一種魔力，會讓人著迷，讓人無法自拔，就像安妮，都快結婚了，卻忽然覺得未婚夫不適合自己，這種緊急剎車實在踩得讓人難以接受，更離奇的是她還不算真正認識山姆，就想跟他在一起，只因為她覺得跟未婚夫之間不是真愛，所以快刀斬亂麻，並立即將目標轉向山姆。

真愛
《Beauty And The Beast
美女與野獸》

文：破風

破風

影中情

　　這是一部動畫電影，後來也拍了劇情類似的真人版本，女主角是貝兒，男主角是亞當王子，大反派是加斯頓，劇情就是圍繞在這三者之間，其他的配角比較特別的是燭台、時鐘、茶壺、衣櫃等等，跟亞當王子一樣，原本都是人，是受了詛咒才變成這些物品的，而王子變成了野獸。

　　看似凶猛且脾氣暴躁的野獸，其實內心善良，為了救貝兒被狼群圍攻而受傷，貝兒因此感動。而外表英俊瀟灑，健壯勇猛的加斯頓，雖然想要跟貝兒結婚，卻卑鄙無恥，想陷害未來岳父進入精神病院，跟野獸成了對比，一個是面惡心善，一個是衣冠禽獸。

　　現實生活中，也有很多這樣的例子，話說得冠冕堂皇，做事卻包藏禍心，甚至心狠手辣，簡直是人面獸心，相對的，也有人其貌不揚，甚至被稱為醜陋，但心地善良，也許為善不欲人知，為這個社會默默貢獻，但可怕的是往往人們喜歡人面獸心，卻討厭面惡心善。

　　雖說最終的結局是美好的，但也別忘記，一開始是亞當王子不願幫助一個老婦人，等她變成美女之後才求饒，也因此被詛咒，我想作者的原意就是希望人們不要歧視相貌醜陋的人，更不要輕易相信擁有漂亮外貌的人，算是用心良苦，電影的插曲也滿好聽的，電影獲得了很大的迴響，全球票房四億多美元，也開啟了動畫電影的時代。

跨時空戀情
《觸不到的戀人》

文：破風

影中情

　　這是全智賢主演的第二部電影，拍攝的時候只有十九歲左右，有點成熟，但尚有幾分青澀，溫柔中帶點狂野，眼神中幾許淡淡憂傷，以一個剛出道不久的新人來說已經非常厲害了，她的下一部電影《我的野蠻女友》大受歡迎，也為她的演藝生涯打下基礎。

　　導演大概是極簡風（Minimalism）的愛好者吧！使用了不少接近空白的場景，用來突出主角的身影，或是主要場景「海」的外表。女主角恩珠首先出現在 1999 年，寫了一封信投在「海」的信箱，男主角星賢則在 1997 年的「海」的信箱中收到信，接著兩人便頻繁通信，星賢甚至依著信中指示的地點，看到了同一時間的恩珠，但此時的恩珠還不認識星賢。

　　星賢知道自己是備胎之後，仍舊沒有放棄，甚至還為她蓋了房子，就跟所有備胎或工具人一樣，甘心付出所有，不論回報是什麼？在一次見面時，星賢在恩珠眼前被車撞，未來的她連忙寫信，投入信箱，希望星賢躲過死神的來臨，結尾的時候兩人終於相遇。

　　愛情就是這麼奇妙，兩個原本不可能認識或相遇的人，經過了某種緣分，開始互相關心對方，甚至看不見對方都沒關係，就好像有一條看不見的線，將他們連在一起，兩顆心互相有了感應，彷彿真正的戀人，有點像遠距離戀愛，只有文字的溫暖，卻有距離的冷漠與無情。

天使殺人魔

《羊與狼的戀愛和殺人》

文：破風

破風

影中情

男主角黑須是個廢柴，想要在房間裡上吊自殺，卻將牆壁弄出一個洞，並可以看到隔壁女生，但她可不是一般的女生，她有著天真的面孔、天使的笑容、魔鬼的心，因為她殺人後會露出燦爛的笑。

愛一個人，會愛上她的一切，但黑須不希望女主角宮市繼續殺人，怕被警察知道，更怕失去她，宮市說她主要殺一些她認為沒價值的人，所以黑須本來也會被殺，但兩人談戀愛了，所以黑須逃過了一劫。

原來宮市接受殺人集團委託，但被另一個犯罪集團盯上，為救黑須，犯罪集團被宮市一人消滅，兩人若無其事在案發現場親吻，但宮市一直想殺她所愛的人，於是黑須也被捅了一刀，只不過這一刀比較輕，沒殺死黑須，兩人最後搬離殺人如麻的出租屋。

現實生活中，確實也有類似黑須的例子，為了愛包容了對方的一切，即使對方是毒販、強姦犯、大魔頭也一樣，而這些罪犯也可能像宮市一樣，犯罪後露出燦爛的笑容，好像什麼都沒發生過，若無其事地繼續過著日子。我曾經遇到過一個家暴犯的鄰居，待人彬彬有禮，非常紳士，就是個非常友善的鄰居，但有一晚，他家裡發生女人哀叫的聲音，後來警察來了，也帶走他，這時左鄰右舍才驚覺跟家暴犯是鄰居，他偽裝的非常好，沒有人懷疑他，更不覺得他會打老婆。

天天都是同一天
《Groundhog Day
今天暫時停止》

文：破風

破風

影中情

　　男主角菲爾是氣象播報員，女主角麗塔是節目製作人，還有配角拉里是攝影師，他們三人必須一同到小鎮報導一年一度的土撥鼠日，但怪事發生了，因為大風雪造成嚴重車禍，必須封路，而三人只能返回小鎮住宿，第二天早上六點，男主角起床後發現不太對勁，然後接著幾天，他確定自己困在同一天了，每天起床後都是一個相同的一天：土撥鼠日。

　　他開始各種實驗，偷錢、酒駕、各種方式的自殺、一夜情，不論做什麼事？第二天早上醒來，還是相同的那一天，就像什麼事都沒發生過，所有的人都是全新的一天，只有他自己，越來越熟悉身旁的人，還有即將發生的事，當所有的事都能倒背如流，他開始運用這樣的優勢，每天套女主角話，直到女主角認為遇到真正懂她的男人了。

　　在不斷修正之後，麗塔終於卸下心防，在第一次約會就跟菲爾纏綿並過夜，天亮後，菲爾張開雙眼，但麗塔竟然沒有消失，還躺在身旁，菲爾知道時間不再循環，一切可以恢復正常了，但他卻愛上這個小鎮，希望跟女主角住在此。

　　其實很多人都過著類似的生活，差別在於休假日不同而已，尤其是工廠的作業員，每天做一樣的事，然後累得半死，第二天又一樣，因為平日太累，假日休息，但周一至周五都是相同的，想逃卻逃不了，彷彿困在相同的時空裡。

愛無處不在

《Love Actually

愛是您，愛是我》

文：破風

破風

影中情

片頭的三十分鐘，有結婚、喪禮、首相上任、拍片現場等等，非常混亂，至此完全看不出導演想表達些什麼？也許是鋪陳，也許是想說愛就是一切，愛就是生活，但突然間，小朋友的一句話說出了答案：有比愛情煎熬更慘的事嗎？繼父說：「談戀愛很痛苦。」這倒是真的，尤其是不順利時、單相思時、分隔兩地時等等。

之後的劇情進展依舊混亂，每一組人物的劇情都只有一點點，比較勁爆的是英國首相跟美國總統成了情敵，還在公開場合槓上了，這一切都只是因為他們喜歡上同一個女人，很普通的女人。婚禮上的新娘想要婚禮錄影帶，卻意外發現拍攝的老公死黨，其實暗戀著她，死黨被發現之後，竟然落荒而逃，但他在聖誕夜表白，接著安靜地離開了。小孩暗戀的女孩要搬走了，他說不想活了，繼父說：「但真愛並不一定只有一個。」

作家與女清潔工那組很特別，語言不通，卻愛上彼此，尤其是女生脫衣跳進湖中，為的只是撿起飛進湖中的草稿。女員工暗戀許久的帥哥，在一個機會忽然邀她跳舞，隨後兩人隨即進展到情侶之間會做的。兼職服務生飛到美國，只為了泡美國妞，沒想到一下飛機就如願，跟三個女孩同床。愛情是禁不起考驗的，年輕的女孩對老闆投懷送抱，人老珠黃的妻子怎能抵擋攻擊，但主動權仍在她手上。一起拍愛情動作片的兩人終於還是在一起了。人生苦短，稍縱即逝，勇敢的去追求真愛吧！還等什麼！

前世與轉世
《神話》

文：破風

破風

影中情

　　一直夢到自己是古代的將軍，保護著即將下嫁秦始皇的麗妃，甚至差點被殺死，但醒來的時候卻在現代，不過手中的寶劍卻是同一把，因此用起來格外得心應手，打鬥之後，大師說男主角可以人劍合一，必定是前世的緣分，還要他自己去尋找答案。

　　冰天雪地中，公主為保住救命恩人將軍的命，只能退去衣衫，用自己的體溫，跟將軍睡在一起，但麗妃不想嫁給秦始皇，將軍告誡麗妃，她的使命是兩國和平，麗妃勉強答應，但進宮之後就再也沒笑過，除了見到將軍之時。

　　麗妃與另一將軍南宮被逼吞下長生不老藥，竟真的長生不老，並與將軍的轉世傑克在一山洞中重逢，娓娓道出將軍已經戰死，自己是轉世，但記憶仍在，麗妃執意要等將軍，不願離開即將崩塌的皇陵，結果探險隊全軍覆沒，只剩下傑克逃出。

　　隨著科學進步，我們卻無法解釋許多超自然現象，尤其是靈魂轉世，已經有越來越多例子出現，就像劇中人一直夢見前世，甚至找到前世之所在，說出他上輩子所認識的所有人的名字、關係，還有一些不可能知道的事，因為他確實是轉世的，這一世是來了結心願，或許一切都非常不合理，不過卻是真實案例，曾經有一個人

意外死亡，其母親將其器官捐贈，受贈者本來是吃素的，但換心手術之後，他越來越喜歡吃炸雞腿，一問之下，原本的心臟主人，最愛吃的就是炸雞腿，也驗證了心才是靈魂所在，不是大腦。

影中情

是正選還是備胎？
《單身男女》

文：破風

影中情

失戀像是感冒，會讓人難過，各種症狀都有，但有種狀況實在讓人受不了，在公車上讓座居然遇到已經懷孕的情敵，還有前男友，更慘的是前男友還跟妳要他的東西，然後情敵還趕妳走，那心情簡直跌到谷底，接著在公司做的報告沒人滿意，雖然專業又正確，卻惹得一身腥，雙重打擊之下，簡直讓人想死，這時出現了一個暖男，但他只是備胎。

暖男像個流浪漢，首先帶她去剪頭髮，就像許多人一樣，接著吃大餐，這時暖男說出了自己的身分，是個了不起的建築師，兩人喝了許多酒，並互相鼓勵，暖男彷彿看到了些什麼？還相約一星期後見，但暖男只是備胎，她喜歡的人在公司對面，是行政總裁。

總裁很會撩妹，她很快就被約出去，不巧的是約的時間相同，結果總裁跟別的女人出去，她等不到人，暖男也沒等到人，後來她跟總裁差點發生關係，沒想到她剎車了，因為總裁還滿花心的，而暖男忽然出現了，此時三人的三角關係已經三年，她雖然喜歡總裁，但也喜歡暖男，這時的她非常矛盾。

暖男很積極，但她陷入選擇性障礙，畢竟總裁也是很喜歡她，而且更積極，於是兩個男人打起來了，兩個男人搶一個女人的戲碼正式展開，甚至同時向她求婚，這場景真是難得一見，她伸出左手，暖男將鑽戒套上，總裁識趣地離開了，現實中，備胎戰勝正選的機率真的不高，但這是電影，結局是編劇決定的。

《愛在黎明破曉時》

文：聞腋中年

聞腋中年

影中情

　　做為經典三部曲的首發之作，導演李察‧林克雷特在本部電影便已揭露了貫穿三部電影的大命題：「時間」。《愛在黎明破曉時》(以下簡稱《黎》)在劇情佈局的安排，便以接近真實時間的方式，讓觀眾在一個多小時的時間裡，視角隨著男女主角，從白天到黑夜，走過一個又一個的場景，最終迎來黎明破曉。

　　「時間」在這部電影裡發揮的第二點，則是日景與夜景的比例。除了男女主角初相遇、彼此摸索的部分，最浪漫的劇情幾乎都發生在夜晚時段，尤其轉折點更是安排在摩天輪上欣賞日落。這也許跟黑夜給予人們無限的想像力，而正值二十出頭的男女主角，也可以熬了一整夜而絲豪不感到疲倦。關於日景與夜景的安排，觀眾可以自行比較後面兩部續作，自然可以發現其微妙之處。

　　《黎》是適合給二十多歲的觀眾看的，雖然導演一開始可能並沒有這樣的設定，但隨著他與演員年紀漸長而發展出的二、三部曲，可以看出《黎》片裡面那種偶然、冒險、接受未知，的的確確只存在於年輕無畏的心靈裡。也只有這樣義無反顧的青春，可以毫無保留地揮霍，因此造就了無數被觀眾所傳誦的經典名言、浪漫劇情。

　　但《黎》之所以扣人心弦，倒不僅只是取之不盡用

之不竭的青春能量，導演還是用了「時間」這個框架。因為有所約定、因為只能度過一晚，所以情愛在這樣的限制下，迸發出更熱烈的火花。每到一個段落，男女主角總不經意地意識到、提醒彼此，還剩下多少時間；也因為希望時間能延續下去，兩人不斷地變換想法，又不斷地修正想法，最終留下的結局，也還是「六個月」的時間約定。觀眾也被捲入時間裡，當年上映時，沒有人知到男女主角最後會不會再相遇、電影還會不會有續集。

　　以一部用對白來貫穿全片的電影來說，《黎》片的劇本不得不說相當優異，導演與共同編劇在台詞上下了不少的功夫，使得從演員口中說出來並不扭捏造作。這與後來兩位演員加入劇本的共同編寫模式並不同，但也因為如此，塑造出來的浪漫愛情，美好的彷彿不像現實，這正是電影做為夢的另類型式，最為觀眾津津樂道的地方。

影中情

《愛在巴黎日落時》

文：聞腋中年

影中情

　　進入經典三部曲的第二集，相信很多觀眾的觀看經驗，就像坐雲霄飛車一樣，從兩人重逢初始的情緒堆疊，想像著會擦出何種新的火花，但到了某一個轉折點，劇情急轉直下，狠狠打醒了觀眾想要再一次體會浪漫的期待。許多人不禁想問，那對九年前的情侶究竟怎麼了？更多的責難可能指向女主角 Celine。而 Jesse 就像做不小心做錯事的小男孩，不斷地想要彌補因為時間所造成的缺憾。

　　前作提到，導演李察林克雷特在上一集《愛在黎明破曉時》是以「時間」做為命題，然而這個時間只限在「劇本」的框架裡。當初他可能也沒料到九年後會產生這部續集，而「時間」的影響便已超越劇本，這次邀請了男女主角一起參與劇本與對白的編寫，融入演員自身真實的生活經驗，於是 Jesse 與 Celine 也已走出了平面人物的範疇，走向一個更立體的存在。

　　要能夠真正欣賞《愛在巴黎日落時》是需要門檻的：你可能必須在年輕時擁有天真爛漫的懷想或經驗、也必須體會幻滅的苦澀與成長，更難得的是剛好處在電影裡兩人約在 30 歲上下的年紀。這像是一場集體的心靈測驗，若是觀影完畢覺得失望甚至憤怒，也許代表著你還沒到真正適合看這部電影的年紀；若是覺得兩

人舉止幼稚，也許就是你太晚遇到這部片、心變得過於世故冷硬。

《愛在巴黎日落時》就像一杯熱騰騰的拿鐵咖啡，剛入口的時候是濃郁的牛奶香味，口感怡人，等喝到最後時，做為基底的 espresso 才沾到舌尖，若無法品嚐這份苦中回甘的滋味，或許就與人世間的道理多了一層距離。

電影裡的「苦」是必須的，我們看到他們爭吵，是因為在彼此身上看到了過去曾經美好的自己，但人生終究要往前走，一再回首只會忘了自己該有的步伐。其實兩人的重逢並不在於書店裡的眉目傳情、巴黎街頭的美好景色、賽納河畔的徐徐微風，而是讓彼此有一次契機，讓對的人在對的時間點，重新檢視自己的人生，以及將來該往哪裡走。

電影的最後，也是大家最津津樂道的，就在於 Celine 對 Jesse 彈唱自己的創作。那彷彿是與過去的和解，又留下了一個新的期待。我相信在這個時刻，導演便已經與男女主角約定好，要在幾年後，為這段關係劃下一個真正的句點。

影中情

《愛在午夜希臘時》

文：聞腋中年

聞腋中年

影中情

　　經典三部曲進入最後一集，從 1995 年的初相遇、經過 2004 年的再重逢，2013 年本片的面世，與前作間隔再縮短了一年，但仍可視為是以十年為一個創作周期。兩位主角也從第一集的 20 歲、第二集的 30 歲，到現在正式進入了 40 歲。

　　做為三部曲的最終回，已經觀賞過前兩部作品的影迷，期待度自然不用多言。然而，就如同前兩部創作當下的背景，這也是一部會「挑觀眾」的電影，一方面需要有前兩部的觀影經驗，二方面則是觀眾是否也進入了主角在電影中的年紀或心境，其中一個條件不成立，可能就會讓觀眾坐立難安。

　　《愛在午夜希臘時》同樣不是一部以「結局」取勝的電影，許多愛情電影往往讓觀眾的心懸到最後一刻才真相大白，不論是圓滿或心碎。然而這三部曲，除了第一部是由導演與編劇獨立創作，傳統電影的框架較為明顯，後兩部作品其實「過程」遠大於結局。對白仍是電影的靈魂所在，然而這部作品裡所呈現的言辭，較前兩部來說又稍微深澀，情緒起伏落差更小，這也是因應兩人關係已經正式走入了婚姻階段。

　　在婚姻裡，浪漫的空間是被擠壓的，茶米油鹽醬醋茶外加小孩，就已經把生活給塞滿了。夫妻的社交也往

往以其中一方為主，有餘裕時再做動態的調整，但這也正是摩擦容易產生的地方，因為已經不再是年輕時自由自在的自己，面對另一半的社交圈，又必須在顧及對方顏面與內心自我評價之間拉鋸。或許可以忍得了一時，但總會在警戒鬆懈時，就不知不覺地爆發了。

所以明明是夫妻生活裡難得不受干擾的浪漫時光，但就是特別容易在這個時刻挑起戰爭。因為已經不用顧及第三人的感受，所以內心的自我，便直直地衝向那個自己又愛又怨的對象。

看到那樣的爭吵，許多人可能感到絕望。但只要其中一方仍對感情抱有希望，就不宜妄下定論。這部電影最珍貴的，其實就在最後一場戲，雖然（同樣地）並沒有一個清楚的結局，但若能撐過前面 2/3 平淡的夫妻日常，再跨越飯店房間內的狂風巨浪，那最後兩人間的對話與互動，便向我們昭示了，不管兩人的關係走到何種地步，只要永遠不忘當初讓你心動的那一刻，答案，其實不需說出口，心能體會，就夠。

影中情

《不能說的‧祕密》

文：聞腋中年

影中情

　　台灣電影，常常給人一種說故事能力貧乏的印象。加上片廠制度瓦解，電影工業幾乎不復存在，於是乎給了許多非傳統電影人進入這個領域的機會，《不能說的‧祕密》就是一個明顯的例子。

　　周杰倫挾音樂演藝事業的天王氣勢，進軍大銀幕，不得不說他提供了一個非常好的原創愛情故事，但若要說他是否勝任「導演」的頭銜，或許有待商確、演技也多是本色演出，不過做為一位出資者，這部電影給了許多台灣傑出電影工作者發揮的空間與舞台。

　　如果以重度影迷的角度欣賞本片，有太多毛病可以挑了。除了男女主角之外，其餘的角色不是顯得平板、便是一相情願；生硬的對白，大概只有少數像黃秋生般的戲精能演出自己的味道。不過也因為有這些犧牲，才讓男女主角成為觀眾無須分心的唯一焦點。進一步來說，這部電影是在「流行音樂唱片」的概念之下拍成的，清楚的主旋律、前後錯落有致的劇情起伏，出色的燈光運鏡，在某些片段甚至有種在看 MV 的錯覺。音樂是本片最大的靈魂所在，這也正是台灣電影長久以來缺乏的，比起影像，音樂更容易讓人進入特定的情境，周杰倫的功勞，自然要算上最大的一筆。

　　於是，《不能說的‧祕密》便有點像是唱片與電影

的混合體，但周杰倫個人對於經典與懷舊元素的喜愛，也灌注到了這部作品裡，使得層次紋理變得豐富許多。不論是淡水小鎮的人文風情、他自己的母校淡江中學，甚至小到唱片行與家中的擺設，處處可見周董的品味貫穿其中。這些視覺的美學，對觀眾來說是非常賞心悅目的，再加上世界級攝影大師李屏賓掌鏡，光線色彩與構圖都是上乘之作，在愛情故事的主軸下，更多了許多美好的弦外之音。

　　這是一部屬於新生代的愛情商業電影，無需責怪男女主角之間愛情是否來得太快卻毫無舖陳，這或許就是年輕人對愛情的態度與模式。這也是一部好的愛情電影， 因為愛情本來就沒有什麼道理。電影能觸動心弦，乃來自觀眾對浪漫的懷想，生活裡的欠缺與遺憾，得以在光點中得到滿足。這是少數我會想看第二次甚至第三次的電影，它的魔力實在難以解釋。

影中情

《志明與春嬌》

文：聞腋中年

聞腋中年

影中情

　　華語電影很少有三部曲的作品,愛情電影更是少。2010 年上映的《志明與春嬌》,起初原本也沒有拍成三部曲的打算,而是因著角色的厚度,與港、中、台三地的盛衰變化,漸漸發展成三部電影,也是導演彭浩翔最平易近人又叫好叫座的作品。

　　台灣的觀眾會對片名特別有感覺,應該與五月天的同名單曲有關。但志明與春嬌做為大家熟悉的「菜市場名」,放在香港這個高度都會化的環境下,顯得出一種移植的異地趣味。暫且不論後面兩部續集,志明春嬌首部曲,有著道道地地的「港味」,這個味道並不是港式獨到的警匪黑社會氣氛,而是極度貼近居住在這座城市裡的男女,因為空間的限制與生活的節奏,而生出來的都會愛情故事。

　　這個愛情並不純潔,有時甚至顯得世故與刻薄幽默,就像香港街頭熙來攘往的人潮,每個人朝著四面八方行色匆匆,能夠稍做停留的也不過是一兩根香煙的時間,但從這些狹小的縫隙裡,人與人之間的情感一吋一吋的發芽,順著彷彿只看得到一線天的空間,歪歪扭扭地成長。

　　志明與春嬌,會安排男女主角使用這傳統味十足的名字,某種程度或許也是要突顯這段非典型愛情故

事的唐突趣味。看似不可能相遇相戀的兩人，卻在許多日常的小事累積下漸漸走在一起。《志明與春嬌》賣的不是讓人又哭又笑的情事，更多時候他們體現的是每個平凡人身上都有的不完美。因為不夠完美，所以顯得真實。

套句俗話來說，這是部「賣氣味」的電影。沒有最後一分鐘救援的高潮、沒有廉價的誤會與冰釋情節，很多時候就只是生活的橫向切片，甚至透過偽紀錄片的方式拍了劇中角色的受訪畫面，讓人感覺這好像就是一則真實的寓言。串起這些小事的，是兩人的手機，甚至還不是現在的智慧型手機。但那個還重度依賴簡訊傳遞的時代，這種「前 iPhone 時代」的溝通模式，產生了許多想像的空間與創意，以及人與人之間還能保留的一絲喘息空間，讓看慣聲色犬馬的志明，鍾情上宜室宜家的春嬌。

「Love in A Puff」，人與人之間，都是靠相處才發展出情感。即使只是一根煙的時間，也可以有愛情的可能。

影中情

聞腋中年

《春嬌與志明》

文：聞腋中年

影中情

　　2010 年的《志明與春嬌》，以市場來說，大概只能算是差強人意，原本也沒有拍續集的打算，卻因為電影裡春嬌的電子信箱，竟然在現實世界裡收到許多粉絲的要求，於是 2010 年才有了《春嬌與志明》的問世。

　　彭浩翔的電影，向來具有非常強烈的現實感，除了他對人物的細膩觀察，另外就是對香港這座城市處境變化的感受，也一併投射進了電影之中。張志明與余春嬌成為同居的男女朋友後不久，便因為中國大陸的經濟磁吸效應，兩人一前一後、北上中國發展，這正是香港「打工仔」的現實，也是香港電影產業的現實。

　　九七回歸後，為了中國大陸的市場，「合拍片」盛行，卻也令很多電影失去港味。電影的主軸也正呼應了這樣的變化：志明與春嬌分別結交了新的男女朋友—空姐尚優優與生意人 Sam，這兩個角色，分別代表了中國崛起後的典範以及給外界的美好想像：女的臉蛋俏身材好又溫柔，男的成熟體貼事業有成。但編導卻沒因此將兩位配角平板化、庸俗化，而是賦與他們有血有肉的靈魂。這創造出一種強大的拉扯感，即便觀眾在心理上認定春嬌與志明應該終成眷屬，但劇情的發展似乎要將他們推向不同的人生道路，也暗喻著香港將融入中國。

　　但要說身為港味電影旗手的彭浩翔就此投降，可能言之過早。做為合拍片，以結果論來看，相較於前作，《春嬌與志明》的確享受了廣大市場的票房紅利。回到電影裡，春嬌與志明其實是透過了短暫的分別，在尚優優與 Sam 的身上，重新看到了自己、看到自己原來早就被另一個人影響，甚至變得相像。志明說到自己忘不了年輕時在便利商店吃的微波義大利麵：味道鹹了點、肉也不多，但我就是覺得她好，她什麼都好。這段對白，應該就是彭浩翔在這部電影裡留下的印記，一個對於香港仍然無法忘情的印記。人在中國，心在香港；懷裡抱著講著北京話的，但腦裡想著說著廣東話的。

　　首部曲《志明與春嬌》像是開胃的前菜，要單獨吃也可以；《春嬌與志明》則是色香味俱全的主菜，有刻畫鮮明的四個人物，有愛情故事裡必備的邂逅與分離，然而在精巧純熟的手法下，觀眾能在電影裡看到起伏的故事、結合日常的現實，看完後或許還會想想自己，這便是電影帶來最美好的價值。

影中情

《春嬌救志明》

文：聞腋中年

聞腋中年

影中情

　　志明春嬌三部曲，終於來到最終章。三部電影裡，這部《春嬌救志明》的情愛成分最為濃厚，男女關係最為戲劇，甚至還涉及了親人與家庭層面。前兩部作品所累積下來的能量肯定有所助益，觀眾跟著志明春嬌走過七年起起伏伏的感情路，自然會想知道這對都會男女的結局究竟為何。

　　張志明這個角色，在前作我們依稀已經感受到這個調皮促狹、滿腦鬼馬的大男孩，原型就是導演自己的投射。本次他更將生活經驗完全帶入，連他與妻子間的日常，也化為電影裡的對白，金句連發，令人拍案叫絕。熟悉彭浩翔的影迷認為本片失去了他過去滿腦鬼馬的特色，但若著眼在導演本人身上，這其實是完完全全他的個人電影，即便角色是虛構，劇本也非自傳體。

　　志明和春嬌的起源，來自於台灣樂團五月天的歌曲，在這部電影裡終於真正用上，而且是在最關鍵的一場戲。另一場同樣重要的地震戲也發生在台灣，三部曲可說把港中台都走過了一遍。而戲名最精妙的就在《春嬌救志明》這個「救」字。

　　一般的愛情電影，往往著重於發生的起點、過程的描繪，以及結局的揭示。志明與春嬌這段關係的開始與過程，在前兩部電影已經交代完畢，然而戀情邁入第七

年，發生的不是「癢」，而是春嬌跨過四十後的不安全感，年輕時棄家的父親形象，與志明重疊在一起，更加深了危機。志明是把妹高手、是創意天才，但他從來沒有建立過長久穩定的關係，也從未認真思考過這件事，所以談到寶寶、談到捐精，他也只是配合演出，沒有把自己放到做決策的位置。於是春嬌決定放棄，因為她要的不是長不大的男孩、她不要到最緊張關頭、拋棄一切只為成就自己的男人。

兩人關係看似就要畫下終點，但春嬌與父親的對話，卻點出真正關鍵：面對問題，一定要解決。選不選誰並不重要，重要的是活得開心。雖然最後志明說：「是妳讓我長大的、謝謝妳拯救了我」。其實，何嘗不是他們拯救了彼此。

起於一首歌、終於一部戲。歌曲中的角色，在電影裡有了自己的故事。跨界的碰撞、餘波依然盪漾。華語電影二十年來最出色的愛情三部曲，我想這是當之無愧的。

影中情

《情書》

文：聞腋中年

聞腋中年

影中情

一轉眼,離《情書》這部電影上映的時間即將滿三十年。但在愛情裡面,人人往往忘了時間,而岩井俊二這部電影,不只成為他最廣為人知的代表作,甚至後來發展成「情書宇宙」,導演本人也被困在其中,後續的作品往往都離不開這部作品的影子,直到 2020 年的《最後的情書》,才算做了一次公開的道別。

以拍攝電視起家的岩井,向來以奇幻異想的劇情、天馬行空的人物、非直線式的敘事為特色,所以純愛式的《情書》,可以說是他的破格之作,也取得了令人矚目的成功票房與作者知名度。《情書》是部雅俗共賞的愛情片,很多人往往歸功於與岩井長期合作的攝影師一篠田昇。確實,在篠田的鏡頭裡,完美捕捉到不可思議的光影流轉,營造出似真非真的夢境和記憶,與岩井的劇本結構、不在場的主角,形成完美的重奏。即使是一般觀眾,都能享受這樣的畫面美感,甚至影響了台灣近二十年的影視工作者。而在篠田逝世後,岩井的鏡頭語言,也沒再能突破障礙,便可知他的重要性。

但《情書》不只畫面美,更還有音樂的助攻。雖然配樂是委請專業,但岩井的音樂品味相當優秀,在電影裡他甚至會讓音樂來引導故事的走向(後作《青春電幻

物語》更是明證),《情書》之所以成為可一看再看的經典，這些細緻的手法功不可沒。

回到觀眾最在意的故事本身。由中山美穗一人分飾兩角，一邊是為了尋覓亡夫生前的蛛絲馬跡，另一邊則是陰錯陽差接到來信的男主角同名同學。雖然男主角確實找了柏原崇出演，但這個角色其實是非常「輕」的，一方面他只出現在回憶片段，二方面他的人格設定，自始至終都給人捉摸不定的感覺，因為岩井本來就不是要拍他，而是藉由兩位女性的書信往來，逐步建構/解構她們心中對於男主角的記憶。也因為「信件」是電影中極為重要的媒介，如果晚個十年，也許就不是我們看到的樣子。

電影另一個潛在的命題則是「生」與「死」。逝去的男主角代表「死」，遺孀代表「生」。岩井提出的質問是，記憶到底會因為死而變得模糊，還是變得更清晰？他留了一場在醫院的戲，讓觀眾自己去體會。電影最厲害之處，是結局的回馬槍，留下一種驚喜與悵然交織的複雜情緒，透過整部電影的舖陳，讓最後這感覺，久久無法散去。

影中情

《戀夏 500 日》

文：聞腋中年

聞腋中年

影中情

　　大部分的愛情，我們使用的是心中感性的那個部分；但也有一種愛情，我們會用上腦中理性的那個部分：能有共同的話題、能被對方理解、能說只有另一半才懂的話。愛情電影大致上也是如此，而《戀夏 500 日》就是一部「用腦」欣賞的片子。

　　這部非典型愛情電影，其實也可當做一部用來測試真假文青的試金石。因為電影裡充滿了太多西方文化語彙符碼，特別是搖滾音樂，這絕非光看著字幕就能理解弦外之音的電影，更像是一部用來辨別「自己人」的大銀幕作品。電影裡的男女主角，不是我們想像中的俊男美女型，而那些帶點古怪的對話，有點彆扭的互動、稍嫌尷尬的情感表達，其實正是「用腦談戀愛」的結果展現。

　　這便是俗稱的「想太多」。愛情有生理性、動物性的基礎，隨著文化進展，再加上了心理性、文明性的成分。但如果一直向上發展，就成了一種類似違章建築的奇景。違建其實是最符合人體居住需求的有機產物，因此住在其中的人，並不會對外界的眼光多所在意。

　　《戀夏 500 日》裡面的場景是每個人都熟悉的，角色從外觀上看起來也都是日常生活的凡人類型，但導演刻意用了「數字」這個元素，將兩人相處的第幾天

隨機出現，再加上重複出現的電梯開關門的動作，使得電影切割成一個個互相獨立又彼此歸屬的獨幕劇。有點像是短篇故事集，視覺手法又近似廣告或 MV。

這是一部有點文化門檻的愛情電影，也註定了它在商業票房上的侷限。但或者也可以將它視為很難考進的博士班，你必須事先浸潤在相關的領域，不是用做功課而是享受的心態，在各門相關學程中穿梭，然後有一天你遇到了一個女孩或者男孩，你們的話常常讓人聽不懂，這就是該帶著對方去欣賞這部電影的時候了。

說到底，不過就是一部電影，為什麼要搞得這麼複雜呢？因為，愛情永遠不像我們用嘴巴說的那麼簡單。每個人都像男女主角一樣，在每一段關係中掙扎、在探求答案、在尋找出口。從這個觀點切入，那麼《戀夏 500 日》其實再真實不過。愛情的前中後，一概不缺。你可以先看過一次，看不懂沒有關係，掌握梗概就好。將來，在某個時候，從任何一段隨機看，便能體會它的奇妙之處。

影中情

《藍色大門》

文：聞腋中年

聞腋中年

影中情

　　在台灣拍愛情電影，幾乎都逃不過學生這個範疇，或者反過來說，學生電影的很大成分，是跳脫不出愛情這一塊。在多如過江之鯽的學生愛情電影之中，《藍色大門》卻因為它的「不夠典型」，反而成為被人一再提起的經典之作。

　　陳柏霖與桂綸鎂兩位主角的出道作品，當然是此片一再被提及的原因，在兩位已經各擁一片天的同時，回過來看他們青澀時期的模樣，不得不說易智言是台灣最會拍年輕人的導演，兩位主角後來的演出原型，都可以在這部電影裡找到。

　　不夠典型的原因，在於男女主角的人設跟一般愛情電影很不同，尤其在女主角身上，不得不說導演還是偏愛她多一些。從她的視角，青春期對於性別意識的矇懂，乃至於對愛情的觀點，電影不選擇用跌宕起伏的劇情鋪滿，而是留下了大片的空白，這不只是女主角心境的映射，也是留給觀眾想像的空間。

　　愛情，在年輕的心靈裡，通常顯得格外理所當然。所以當《藍色大門》用那種非直線式的、走一步停兩步的敘事手法，反而讓男女之間的情感，有了更多的細描淡寫，即便片長只有不到一個半小時的長度，但也足夠醞釀出片尾流洩出悠長的餘韻。

　　這是一部非常吃男女主角演技的電影，因為沒有太多複雜的劇情去迷惑觀眾的眼睛。但其實這也是一部不能有太多演技的電影，因為任何稍微過火的表現，都可能破壞了電影設定的基調。學生愛情電影最可貴的部分，便在於沒有太多成人世界的世故成分，所以成人愛情的公式難以套用；但學生愛情電影難拍的道理也正在此，在大量的生活切片堆疊的同時，又要能推重情感前進，每一個場景、每一個表情，都有它的意義存在，環環相扣卻又不能斧鑿太深，細細品味，才能體會其中的微妙滋味，無法明白言說。

　　愛情，怕的不是愛不成，而是沒有在正確的時間，遇見可以愛上的人。《藍色大門》裡的三角關係，看似是愛情公式無法成立的原因，但愛情就是有苦有甜，才能讓人念念不忘。電影裡的虛構與幻想，就是用來容納現實生活裡存不下的遺憾。每部電影都像中心的那道藍色大門，穿越過去，就是另一個世界。

影中情

《城市之光》

文：RunRun

RunRun

影中情

　　《城市之光》是在 1931 年上映，當時錄音技術的進步，使得無聲電影漸漸沒落，但卓別林堅持用無聲電影的手法，拍了一部傳世經典。《城市之光》不僅是美國電影學會選出的百年百大電影之一，也是百年百大愛情電影前十名。

　　卓別林導演的電影通常對於貧富差距有著深刻的描繪，愛情只是點綴，本片則把愛情放在主戲的位置。常言道：「愛是一種犧牲奉獻」，犧牲自己的部分，來成全對方，使對方變得更好。卓別林的《城市之光》就是讓吾人看見為了愛情可以做出多大的犧牲。

　　一貧如洗的流浪漢遇到盲眼的賣花女，使他平凡無奇的生活有了光亮、有了方向。當流浪漢知道所愛之人將遭遇經濟困難，以及有機會解決眼盲問題時，他不惜一切代價，想辦法籌錢，那怕是在拳擊擂台上賣命肉搏，他也甘願，或是被誤會是竊賊遭警察追捕，也要把錢拿到手。

　　最讓人動容的是，一旦賣花女重見光明，流浪漢就不再能假裝富人，現實的身分將使美好的幻想破滅，他相當清楚這一切的後果，就是再也不能跟賣花女相陪，可是流浪漢依然義無反顧地把金錢送上，只為了讓賣花女有更好的生活條件。流浪漢其實可以把這筆巨款

用在自己身上，大大提升個人的經濟狀況，但他卻無條件幫助賣花女，自身還是窮困潦倒，被捕入獄，出獄後甚至被報童欺負。

片中另外一條劇情線是富翁對流浪漢的感情。富翁把流浪漢視為知己，對他慷慨解囊，但那只是由於酒醉而失去理智，暫時忘掉了階級界線，一旦清醒，便絕無感情，翻臉不認人。反觀流浪漢對盲女的感情是真摯的、純潔的，不夾雜任何功利性目的。這種犧牲奉獻世間少有，也因為如此才讓人感到愛情的力量與偉大。

流浪漢之所以願意這樣不求回報的付出，就是因為愛。電影最後，流浪漢看見賣花女有了自己的店面，為她的幸福感到歡喜，但同時也不免自慚形穢。他希望賣花女不要認出他，同時又暗暗希望賣花女能知道他是誰。流浪漢生怕真相曝光，又唯恐失去她的愛情。最後賣花女透過熟悉的手頭觸感，知道眼前那位落魄男子就是當年幫助他的「貴人」，突然意外得知的真相，那種心裡的感受，真的是一切盡在不言中。影片最後沒有王子與公主過著幸福快樂的日子，有的只是無限惆悵。

影中情

《一夜風流》

文：RunRun

RunRun

影中情

　　《一夜風流》是美國喜劇電影的經典之作，講述有錢的富家女與平凡的新聞記者如何從冤家成為戀人的故事。從中吾人可以看出，跨越階級的愛情如何可能。

　　富家女艾倫從小嬌生慣養，任性的她在外私訂終身，惹來父親生氣，父女一番爭吵後，艾倫離家出走尋找未婚夫，在長途巴士上遇到新聞記者彼得。兩人首次見面是為了爭奪車上座位，導致彼此互看不順眼，這也為後來雙方關係的轉變增添了戲劇性色彩。

　　影片中處處可以看到彼得總是奔波操勞，艾倫卻坐享其成，非常符合他們的身分與性格，兩人的互動模式有一種定性，然而其蘊涵卻漸漸改變。原本彼得的紳士服務是無意且被動。當他認出了艾倫的身分後，為了獲得頭條新聞，不得不緊跟在旁主動照顧她。

　　雨夜留宿旅店是個關鍵的轉折，片名《一夜風流》原文為「It Happened One Night」，指的就是這一晚。艾倫最初怒斥彼得是為了私利的小人，彼得也詼諧地調侃緊張萬分的艾倫，但見彼得豎起了耶利哥牆，各種行為表明他的確是個謙謙君子。經此一夜之後，各種危難見真情，艾倫瞭解了彼得的為人，自此她對彼得的友情態度逐漸昇華為愛情。

　　艾倫這個溫室花朵出了家門，若無人照料幾乎是寸步難行，她對彼得是又戒備又離不開。到後來兩人雖未點明卻已是心靈契合，彼得儼然是守護神，艾倫因受其照顧而備感愉快。艾倫之所以產生情愫，說穿了就是彼得能給予她安全感，一種不用透過金錢交易就能得到的安全保障。生活安全的需求是人類共有的，不會因為貧富差異而有所不同。

　　彼得一開始對富爸爸寵壞的艾倫沒有好感，認為她藐視一切，不懂謙虛，但在相處得過之中，也對艾倫萌生愛意。其實艾倫的性格並未改變多少，但彼得仍願意接受艾倫，可見愛情的對象不是要找十全十美的完人，或是符合自己理想條件的天菜，而是能夠包容對方的缺點，在互相磨合的過程中，一起往幸福的目標前進。

　　儘管社會上依舊有「門當戶對」的想法，但階級差異從來就不是愛情的阻礙，原本是個互相利用的關係，都可以日久生情。真正的愛情並非是要完美無缺，雙方能否契合才是關鍵。

影中情

《北非諜影》

文：RunRun

RunRun

影中情

　　《北非諜影》主要是講述一對相愛的男女為了更崇高的理想犧牲了他們的愛情。

　　男主角李克在卡薩布蘭卡經營酒吧，亂世的局面中，面對龍蛇混雜的人群，李克都能游刃有餘。當德國人問他：「你的國籍是什麼？」，他回答：「我是個酒鬼」。他標誌性的名言是：「我不為任何人冒險。」但我們知道李克最後還是為了所愛之人破了自己的原則。

　　「全世界有這麼多城市，城市裡有這麼多酒吧，可她卻偏偏來到我的酒吧」。突然到來的伊爾莎，一位李克多年前在巴黎愛過的女人，當時的巴黎在德軍的進攻下岌岌可危，兩人約定搭火車逃離這個是非之地，伊爾莎卻放鴿子，李克在大雨滂沱的車站等著，他相信自己被拋棄了，而現在伊爾莎跟維克多在一起，後者是法國抵抗運動的民主鬥士。

　　當李克看到伊爾莎之後，一段戲劇性的音樂和絃配合著兩人的特寫出現，整場戲逐漸變成怨恨、遺憾，以及對往日真摯愛情的回憶。從中可以看到，不完美結局的愛情，只要是曾經付出過的真愛，那怕時間再久，再次碰見免不了觸景傷情，就算是孤傲冷漠的李克也不例外，這就是愛情難以抵擋的魔力。

　　片中主要的劇情支點是可以遠離卡薩布蘭卡飛往自由世界的過境信函。李克想用這些信函帶著伊爾莎離開，到其他地方過著單純的兩人世界，但李克清楚伊爾莎對維克多反納粹事業的重要性，儘管李克有意識到伊爾莎愛著自己，但現在她已是維克多的人，李克也了解伊爾莎總有一天會想著維克多，曾經有過的美好戀情注定不可能重現了，為此，李克做了感情上的犧牲，讓維克多帶著伊爾莎離去。從理性的角度來看，李克的選擇是正確的。就算深愛著對方，但兩人世界存在著第三者的影子，那將是一種勉強維持住的愛情，是不可能有所幸福的。

　　好萊塢很少有傷感結局的電影，因為製片人多認為觀眾若從電影中看到希望，票房收入才會好。可是，如果李克最後真的跟伊爾莎遠走高飛，這樣的圓滿結局就顯得男女主角的自私而遜色許多，所以《北非諜影》反其道而行，卻不減它的螢幕魅力與藝術價值，這也是為何這麼多年過去，《北非諜影》仍是不敗的愛情經典之作。

影中情

《羅馬假期》

文：RunRun

RunRun

影中情

　　《羅馬假期》是奧黛麗赫本的成名作，一開場她笑容滿面且溫和婉約的模樣，加上高貴清麗的臉蛋，完全吸引觀眾的目光。她在片中飾演到各國公開訪問的皇室公主。身為國王之女，備受保護，人際範圍有限，平民多是難以親近，更別說談戀愛了。所以，公主與平民之愛如何可能，《羅馬假期》就此呈現出來。

　　由於每日生活一成不變及行動受限，讓公主感到日子苦悶與無聊，她極度渴望走向外面的繽紛世界，甚至不惜冒險逃離大使館。由此看出，公主的情感是受到高度壓抑的，身為公眾人物她不能展現真實的自我，永遠都是戴著面具來迎合別人，這使她很難在日常上找到能真心相處的人，若是有，可能也是帶有政治色彩的結合，而非彼此真心相愛。

　　當公主逃到民間，變成平凡人，她就展現活潑好動與喜愛玩樂的風貌，這是她原先的生活享受不到自由，她可以徹底地做自己，去自己想逛的地方，剪自己喜歡的髮型、大膽的抽菸喝酒都無所謂了，這時候如果能遇見一個能相處愉快的人，涉世未深的公主就很容易墜入情網了。

　　與公主意外邂逅的記者布萊德利，一開始是功利取向，想要用獨家新聞來賺取豐厚的報酬，但與公主一

天的頻繁互動之後，也被她純真無邪的魅力給吸引，這是男女雙方初識時意想不到的。可見情愫的產生真的是很難說的，愛情的種子常常就是在不知不覺中萌芽。不過，儘管兩人互相有好感，但外在的現實身分卻成了感情路上的阻礙。地位懸殊的公主與平民有可能發展幸福的未來嗎？

　　長久以來，主流愛情故事，結局多是王子與公主從此過著幸福快樂的日子，都希望一段感情會有結果，誰都不希望美好的愛情最後是一場空。但《羅馬假期》的結局沒有照這樣的劇本走，公主還是回到金字塔頂端的地位，布萊德利依舊是底層出賣體力的勞工，這種情況，感情路要繼續走下去勢必很困難。畢竟公主是牽連到國家層面，影響巨大，實在無法說走就走。美好的相遇注定是過往雲煙了。不過，兩人曾經相愛，就算這輩子不會在一起，但是有一種感覺卻可以藏在心裡守一輩子的。

影中情

《公寓春光》

文：RunRun

RunRun

影中情

「世界上最遙遠的距離不是生與死，而是我站在你面前，你卻不知道我愛你。」《公寓春光》講的就是這樣一個故事。平凡的上班族巴斯特對同事弗蘭深深著迷，有意展開追求，沒想到她卻是人事主管薛德瑞克的情婦，薛德瑞克借用巴斯特的公寓來偷情，並利用職務之便給予巴斯特升遷的機會。看著自己心中的女神投入他人懷抱，一邊是愛情，一邊是前（錢）途，魚與熊掌難以兼得。

薛德瑞克對於弗蘭的愛，是一種填滿內心空虛寂寞的愛，是在百般無聊的生活中尋求一點婚外刺激，這種愛不是真誠的愛，所以薛德瑞克聽到弗蘭吃安眠藥想自殺時，很自私地害怕這件事給他帶來麻煩，而不是關心弗蘭的死活。薛德瑞克只是把愛當成人間遊戲，弗蘭僅是過客，當有新鮮對象出現時，隨時都能換人談感情。

反觀巴斯特對弗蘭的愛，是打從內心喜歡這個人，願意為她犧牲奉獻，當弗蘭病懨懨地躺在床上時，巴斯特對她無微不至的照料，擔心她又尋短見，特地把刮鬍刀的刀片藏在身，知道弗蘭為情所困，努力想辦法讓她開心，巴斯特就算自己被誤會，從不多做解釋，也不表達愛意，更不會求回報，他知道女神內心很苦，只想幫

助她渡過難關。就算弗蘭最後離她而去，他也無怨言。

　　弗蘭過往的愛情都走得很辛苦，她其實也想要有一個穩定的依靠，偏偏總是遇到不對的人，她其實多少明白太多花邊事蹟的薛德瑞克不可能對她專一，但付出過的愛始終放不下。巴斯特沒有任何暗示，陷入情傷的弗蘭也未想太多，使得兩人的曖昧程度有限，沒辦法激起任何火花。弗蘭一直到片尾從薛德瑞克口中得知巴斯特特別指明為了弗蘭不願意借公寓，甚至因此辭職，才恍然大悟，那位先前照顧自己的男人是能寄託的對象。

　　當局者迷，旁邊者清。身為觀眾的我們，對薛德瑞克虛假的愛以及巴斯特的真愛看的相當清楚，但弗蘭卻未感覺到愛她的人就在身邊。一方面也是巴斯特的表現太像朋友之情，太過壓制自己的感情，就算路上偶遇，也都是保守本分而沒敢跨出去，可見愛一個人真的不能太含蓄，否則就會錯過好姻緣了。

影中情

《感官世界》

文：RunRun

RunRun

影中情

　　熱戀中的情侶常會經歷過一種「我中有你，你中有我」，彼此水乳交融，恨不得兩人合而為一的精神狀態，這是很幸福美好的崇高境界，此時雙方的互動行為是對等的，沒有任何一方具有特別的優勢，因此皆能享受情意帶來的歡愉。倘若天平傾斜，有一方出現了強勢主導的局面，因而產生控制欲，當這種情緒發展到極致，原本至死不渝的浪漫愛情就會變成緊迫盯人的驚悚戀了。《感官世界》說的就是這樣一個故事。

　　大島渚的《感官世界》改編自 1936 年女子阿部定勒死情人並割下陽具的真實案件，原本是兩情相悅的愛情卻以血淋淋的死亡場面結束。阿部定對男主角吉藏不是沒有愛，相反地，她深愛吉藏，恨不得一天 24 小時都跟吉藏黏在一起（更具體地說，是交合在一起），唯一不得已休息的時間就是吉藏上廁所的時候。阿部定對吉藏的控制欲望是如此強大，她希望自己就是吉藏日常生活的唯一與全部，但吾人明白兩人不管多麼相愛，現實世界不可能把另一半的所有生活空間占據，欲求不滿的累積到極限，就會讓彼此的愛喘不過氣而產生窒息。

　　吉藏雖然同樣沉浸在愛的海洋裡，但他仍保有理智的一面，他清楚知道除了性愛以外還有其他的生活

面向，否則將會一無所有，只剩一幅骸骨。可是被愛情沖昏頭的阿部定不會考慮這些，她只想跟吉藏永不分離，她所做的一切行為都是以此為目的，包括最後把陽具切除，都是為了想要完全擁有她的男人。

對於阿部定漸趨侵略性的愛，吉藏不是沒有察覺，在就寢或洗浴時，他都被一些風吹草動感到驚嚇，而且已經產生了害怕的感受，這種愛情其實已經變質了。但吉藏並沒有把他那股恐懼的心情表達於外，還是順著阿部定的意思，未有太多反抗的想法。久之，雖然仍是在做愛做的事，但吉藏的臉上已經看不到歡愉，反而是身心疲憊的表情。

以兩人的身分地位來說，是男人又是主人的吉藏是能夠站在較優勢的地方，可是他完全沒有凌駕於上的念頭，最後死於阿部定之手，還慘遭閹割。當然，阿部定的不健康的心理狀態是導致「情殺」的主因，但消極不作為的吉藏自己多少需要負擔一些責任的。

影中情

《空屋情人》

文：RunRun

影中情

　　愛情有一種境界是所謂的「盡在不言中」，指的是雙方對彼此的心思已瞭若指掌，無須任何言談，就能清楚對方的想法，就如周慧敏所唱的「其實我的感情你都看在眼裡　應該明白我的心」。在現實生活的場景中，這是不可能的任務，情侶之間沒有打情罵俏或言語交流是難以想像的。反而是一言不合的吵架鬧脾氣，兩人都不願開口說話才會有保持沉默的情況出現。所以吾人很難體會到底「盡在不言中」那種「只能意會、不能言傳」是怎樣的一個狀態，但金基德導演的《空屋情人》就很細膩地把這種愛情精神傳遞出來。

　　《空屋情人》英文片名《3-iron》源於金基德某次看到家門的鑰匙孔裡貼著傳單，他立馬想到那些一直貼著傳單的門戶一定是沒有人在的空屋。因此讓他想拍攝一部有關孤獨、與世界疏離的故事，金基德利用一個男子透過進入這些空屋並把它注入溫暖的故事。

　　影片中的男主角泰錫從頭到尾沒有任何一句台詞，只用眼神、表情跟動作來告訴觀眾他是一個有愛心、有同情心，甚至帶些調皮的溫柔暖男。電影就是用畫面講述的故事，所以演員常常被要求用演的，不要用說的來去解釋劇情，這部分李賢均飾演的泰錫非常到位。女主角善華是一個受到老公家暴，只能躲在屋中角

落獨自療傷的落寞人妻。當丈夫回來後，說了很多話，卻沒一句順耳動聽，夫妻之間早已無何感情可言。善華就算身處豪宅，也感受不到一絲家的溫情。反觀男主角不說一句話，就吸引到善華的傾心愛慕。可見愛情真的不是說了多少甜言蜜語，也不是靠華麗的物質去包裝，而是在舉手投足之中傳達情意，給予幸福。

善華原本也是一言不發，直到片末才有兩句對白：「我愛你」和「早餐準備好了」。尤其「我愛你」這句情人間最最平凡且最庸俗的告白儀式，在一路靜默的善華的口中第一次說出來更顯得威力強大。當然，對於早已情投意合的兩人，這種明言的表白其實是多餘的陳述。片末有了神奇隱身術的泰錫，神出鬼沒的出入功力，無人見著他。最後來到善華家中，雖然善華起先也是看不見泰錫，但兩人的心思連線，善華都能找到方法使得泰錫現身。反觀善華跟老公同住一個屋簷下，卻是同床異夢，貌合神離，這種單向的無味愛情，不食也罷。

影中情

《甜蜜蜜》

文：RunRun

RunRun

影中情

　　《甜蜜蜜》講述 80 年代中期，兩位隻身來港工作的大陸人，在異地打拼進而發生感情的故事。從影片中可以思考現代人常會遇到的感情問題，首先是情侶關係中若有第三者介入，究竟「小王」或「小三」的存在是否罪不可赦？另外，愛情與麵包的選擇，是否魚與熊掌不可兼得？

　　男主角黎小軍在家鄉已有相愛之人小婷，他來到香港努力工作賺錢，就是為了將來有一定的經濟基礎，好讓自己能迎娶小婷過上好生活。沒想到遇到同樣離鄉背井追求未來理想的李翹，兩人相處之中漸漸產生情愫。小軍絕對不是負心漢，這位帶著傻氣的天真男子，心裡仍不時思念著小婷，但外在環境與心智的變化，讓他的情感寄託對象轉移到心靈上更契合的李翹。儘管小軍與小婷最後終成眷屬，但這個婚姻已沒有靈魂，只有形式。小軍的內心深處總有個李翹，枕邊人並非所愛之人，注定不可能幸福，離婚是遲早的事。

　　小軍婚後遇見名花有主的李翹，兩人重燃愛火，能怪罪他們對另一半不忠嗎？小軍早在婚前就對小婷失去了過往的愛，雙方的結合僅是一種道德上的義務。用道德力量來約束婚姻關係是很勉強的，甚至是痛苦的，遇到這種情況，還不如好聚好散。小軍要移民紐約時對

小婷說：「我們在一起這麼多年，走過的路這麼長，小婷，我也難過的」。聽到這段自白的觀眾，其實能理解小軍的心情，很難對他責怪什麼了。

　　相較於小軍猶豫懦弱的性格，女主角李翹就精明許多，她想要成為人上人，想要過更好的物質生活，說穿了就是想要透過經濟能力達到精神上的安全感。當她的銀行戶頭有足夠的存款，讓她愉快地跟還是窮小子的小軍在一起。但股災的重挫讓李翹背上債務，使她不得不離開小軍。小軍沒有作錯什麼，他只是沒辦法給當時的李翹安全感罷了。

　　所以李翹跟黑社會頭子豹哥在一塊，主要就是豹哥能夠滿足她的生存需求。但曾經同甘共苦的小軍在她心中是不曾抹去的，只是壓抑地隱藏起來。不過李翹懂得拿捏分寸，就算豹哥逃亡落魄時，李翹還是陪伴在他身邊加以照顧，身為沒有名分的伴侶，李翹對豹哥可說是鞠躬盡瘁，對於那股無法控制住的感情出軌，吾人也難以苛責了。

影中情

《胭脂扣》

文：RunRun

RunRun

影中情

　　《胭脂扣》講的是青樓女子如花與富家公子十二少的愛情故事。紅牌如花原先對十二少的追求不領情，但被男方送花牌、送銅床的示愛手法給打動，認為是可以託付終身的對象。只可惜傳統社會論及婚嫁，門當戶對是擺脫不掉的觀念，尤其對上層階級來說。如花風塵女子的身分無法讓男方家長滿意，於是產生與十二少殉情的念頭。

　　一起殉情看似浪漫，實則是相當自私的行為。如花選擇這條路，就是她明白跟十二少難以修成正果，卻又不願意放手，讓十二少跟表妹淑賢結為連理，只好用同地同日死的方式來取得精神上的勝利。這是如花的控制欲在作祟，從十二少稍微猶豫的表情可以看出，殉情只是如花的一廂情願。如花甚至還怕十二少尋死不成，因此在酒裡添加安眠藥，不僅想掌握十二少的感情，還想支配愛人的生死，美其名說是癡情，骨子裡則是貪婪地占有。

　　對十二少進行控制的不只如花，還有他的母親。作為南北行海味店的太子爺，十二少似乎瀟灑不羈，實際上還是逃不出家庭權力的運作，沒有自由戀愛的可能。就算是再怎麼喜歡如花，母親大人的安排就是無法違抗的命令。十二少最後跟淑賢結婚，並非心隨所願，更

多是無奈的妥協，這種沒有愛的婚姻，當然不可能長久幸福，敗光家產後妻離子散也就不意外了。

影片中的現代有另外一對情侶，袁永定跟凌楚絹，他們對於愛情的想法就是理性大於感性。雙方詢問是否會為了對方自殺，都異口同聲說不會。袁永定直接表明不能接受如花這種激烈的感情，凌楚絹雖然提到如果遇到英俊癡情又肯為女人死的的十二少，是會投懷送抱的，但若是要殉情，也是無法接受。袁跟凌沒有像如花那樣用情至深，但不代表兩人不夠愛對方，只是用其他的方式傳達愛意（像是送鞋），這樣的愛情觀無疑是較健康的。

片末如花千辛萬苦，終於找到53年未見的十二少，一個俊美的男子變成落魄的老人。對於情人的苟且偷生，如花失望至極，把胭脂盒還給他並選擇離去，這又是一種控制慾的展現。十二少其實沒有對不起如花，他只是沒有照如花想要的意思走罷了。

影中情

《秋天的童話》

文：RunRun

RunRun

影中情

　　《秋天的童話》是一個無心插柳柳成蔭的故事。遠赴重洋追尋愛人的十三妹，遭到男友 Vincent 移情別戀，在異地傷心難過的時候，沒想到被她視為「土包子」的遠房親戚船頭尺才是良緣佳偶。這其中就有值得玩味的地方，為何受高等教育洗禮的知性女子會對底層男人產生好感？

　　十三妹深戀著富少 Vincent，辛苦存錢就是為了能和他一起在國外念書。帶著親手做的泥娃娃，千里迢迢來到紐約，想要給男友一個意外的驚喜。沒想 Vincent 早已有了新歡，甚至理直氣壯，認為愛情就是要不停向前游，否則就會死，不覺得有愧對十三妹的地方，讓十三妹既生氣又心痛。從中可看出 Vincent 跟十三妹的愛情觀有很大的差異，Vincent 認為愛情就是要保持開放性，多方交往，十三妹則認為愛情就是要專一。如果不用道德來評論，個人愛情觀沒有所謂的對錯，但彼此想法出入太大，就不可能一直走下去，爭吵後的分手是必然的結果。

　　與 Vincent 上流階級的身分相反，船頭尺是在社會底層打滾的邊緣人，住在龍蛇混雜的街區，開著破爛的舊車，還有賭博習慣，樣樣比不上 Vincent。可是他卻在十三妹情感脆弱的時候，陪伴在她身邊，讓失戀的

十三妹獲得需要的安全感。船頭尺不只給他物質的幫助，還對她精神支持。重點是，兩人在相處的過程中，心靈上有所契合。船頭尺的條件欠佳，絕對不是十三妹眼中的理想情人。但跟船頭尺在一塊，十三妹能放開心胸地做自己，且有快樂的氛圍，久而久之，對船頭尺有情意就不意外了。

儘管郎有情女有意，最後十三妹是離開了船頭尺。表面上看來是現實層面的經濟考量，十三妹想到長島工作，謀求更好的發展，但實際上是大食會後，船頭尺酒後的脫序行為讓十三妹再度失去安全感。當船頭尺與朋友駕車離去，十三妹在後面追車苦喊：「你去哪裡」？這種被拋棄的感覺跟 Vincent 先前的遺棄是類似的。從 Vincent 到船頭尺，安全感才是十三妹一直想要的東西，船頭尺不聽她的勸，讓十三妹的感情之路再次受傷。

最後，船頭尺真的在海邊開了餐廳，路過的十三妹是否會重修舊好，就看改頭換面的船頭尺能給十三妹多少安全感了。

國家圖書館出版品預行編目資料

影中情／破風、聞腋中年、RunRun　合著—初版—
臺中市：天空數位圖書　2022.09
面：14.8*21 公分
ISBN：978-626-7161-13-5（平裝）
863.55　　　　　　　　　　　　　111014171

書　　名：影中情
發 行 人：蔡輝振
出 版 者：天空數位圖書有限公司
作　　者：破風、聞腋中年、RunRun
編　　審：亦臻有限公司
製作公司：朝霞有限公司
美工設計：設計組
版面編輯：採編組
出版日期：2022 年 09 月（初版）
銀行名稱：合作金庫銀行南台中分行
銀行帳戶：天空數位圖書有限公司
銀行帳號：006－1070717811498
郵政帳戶：天空數位圖書有限公司
劃撥帳號：22670142
定　　價：新台幣 250 元整
電子書發明專利第　Ｉ　306564　號
※如有缺頁、破損等請寄回更換

服務項目：個人著作、學位論文、學報期刊等出版印刷及DVD製作
影片拍攝、網站建置與代管、系統資料庫設計、個人企業形象包裝與行銷
影音教學與技能檢定系統建置、多媒體設計、電子書製作及客製化等
TEL　：(04)22623893　　　　MOB：0900602919
FAX　：(04)22623863
E-mail：familysky@familysky.com.tw
Https：//www.familysky.com.tw/
地　　址：台中市南區忠明南路 787 號 30 樓國王大樓
No.787-30, Zhongming S. Rd., South District, Taichung City 402, Taiwan (R.O.C.)